보고 싶다는 말처럼
아픈 말은 없다

보고 싶다는 말처럼
아픈 말은 없다

초판 1쇄 인쇄 2015년 1월 20일
초판 1쇄 발행 2015년 1월 27일
초판 2쇄 발행 2016년 8월 1일

지 은 이 최인숙
그   림 이진
디 자 인 YJ
펴 낸 이 백승대
펴 낸 곳 매직하우스

출판등록 2007년 9월 27일 제313-2007-000193
주   소 서울시 마포구 월드컵북로 28길 33
전   화 02) 323-8921
팩   스 02) 323-8920
이 메 일 magicsina@naver.com
I S B N 978-89-93342-41-3

*책값은 표지 뒤쪽에 있습니다.
*파본은 본사와 구입하신 서점에서 교환해드립니다.

보고 싶다는
말처럼
아픈 말은 없다

최인숙 시집
이진 그림

Magic House
마 법 의 책 공 장

차 례

제1부

그래서 우린 멈추지 못한다

4

제4부

그리운 꿈을 꾼 날이면

제5부

너에게 하는 말

제1부

그래서 우린
멈추지 못한다

지나가던 바람이

창문을 열어 놓았다.

가슴을 열어 놓았다.

지나가던 바람이
너를 데리고 들어왔다.

널 생각하는 나보다

나는 안다.

꽃이 얼마나 강한지
달이 얼마나 한결같은지
너도 알 거다.

둘 다
널 생각하는 나보다
약하다는 걸.

너 때문인 줄 모르고

꽃이 피어서
좋은 줄 알았다.

커피가 향기로워서
좋은 줄 알았다.

너 때문인 줄도 모르고.

혼잣말

네 가슴에 비 내리면
내 가슴엔 폭풍이 친다.

네 가슴에 꽃이 피면
내 가슴은 꽃밭이 되겠지.

잘 지내라, 꼭
오늘도 네게 속삭이는 말.

연꽃과 우리

봉오리는
당신 주먹만 하군요.

잎은
당신이 쓰고 있는 모자만 하구요.

당신이 연꽃을 가리키면
연못은 슬며시 미소 짓고,
멀리서 그걸 보는 나도 따라 웃네요.

마주보고 웃었던
그때처럼.

네 곁에서 평생 밤이어도

아침이 늦게 오는
산비탈에
내 방이 있었으면 좋겠다.

산안개 피어오르는 어스름
불빛도 잠재우는
작은 창문 하나 달고

네 곁에서
평생 밤이어도
나는 참 좋겠다.

어떤 생각은 나를 향기롭게 만들어

같이 걸어도
어떤 사람은
길을 보고
어떤 사람은
꽃을 본다.

꽃밭을 안고 있는
내 앞에서.

비가 오면 나무는

비가 오면
나무는 커피색이 된다.

꽃을 피우느라
잎을 만드느라

그래도 웃는다, 그늘도 없이
날 지키는
널 닮아서.

넌 나에게 난 너에게

우리가 만나기 전에도
꽃이었을까?

우리가 손잡기 전에도
향기로웠을까?

난 너에게
꽃이고 또 꽃이고

넌 나에게
향기고 또 향기고

어디로 가냐고 묻지 않는다

떠나는 사람에게
어디로 가느냐고
묻지 않는다.

돌아올 사람이니까.

반드시 와야 할 사람이니까.

달콤한 고집

당신은
당신 좋을 대로 하세요.

가고 싶으면 가고
잊고 싶으면 잊고

난
나 좋을 대로 할래요
당신이 뭐라든
사랑할 거니까.

흔들리는 봄

바람이 분다.

목련이 흔들린다.

개나리가 흔들린다.

벚꽃이 흔들린다.

내가 제일 많이 흔들린다.

봄 투정

민들레꽃을 봤어요.

목련꽃이 피었어요.

철쭉꽃이 필락 말락 해요.

무뚝뚝한 봄에게
꽃을 핑계로
매일매일 말 걸기.

아픈 말

'보고 싶다'는 말처럼
아픈 말은 없다.

불쑥 튀어나와
일상을 헤집어 놓는 말.

자꾸 기다려지는
그리움이 눈물 흘리게 하는 말.

봄비 1

이젠
보낼 것이 없다.

가슴 가득 담긴 봄
네가 올 차례다.

봄비 2

새가 없어도
나뭇가지는 흔들린다.

꽃이 없어도
바람은 분다.

창밖에 펼친 풍경처럼
한 번도
같은 얼굴인 적 없다.

설렘 속 너처럼.

너를 향해 있는 일

같은 곳을
바라보는 일.

같은 시간을
그리워하는 일.

항상 그리움을 앓고 있는 일.

모두가
너를 향해 있는 일.

언제나처럼 가슴에는 보름달이 뜨겠지

내 가슴은
안테나.

멀리 있어도
너만 들리고
여럿이 있어도
너부터 찾아내는.

둘이면서 혼자인 기분

해가 지는 것을
바라볼 때는 말이야
세상이
뒷모습만 보여주는 것 같아.

보고 있는데도
네 얼굴이 보이지 않아.

눈을 깜빡거리고
둘이면서
혼자인 기분.

그 기분 아니?

나그네가 된다는 것은

나그네가 된다는 것은
꽤나 시끄러운 일.

일상을 투덜대는 일.

등을 보이고
멀어지는 연습 하는 일.

그네처럼
다시 돌아와
네게 기대는 일.

비

비가 오니까
세상이 흑백영화야.

낡은 주인공이 되어
너를 찾아 걷고 있는 지금.

우산 쓴 기억들이 몰려들어.

나는 지금
기억 재생 공장 사장!

에스프레소

아침에 마시는
에스프레소는
정신 번쩍 들게 하는 맛.

흐릿해졌던 네 생각이
진하게 다시 일어선다.

흐린 아침까지
깜짝 놀랐다

나만 아는 풍경

네 발자국을 다 모으면
산이 된다.

네 미소 다 모으면
바다가 된다.

내 가슴은
산이었다, 파도를 친다.

나의 순간순간을 세우는 지금.

너처럼 봄은

한 걸음 다가서면
한 걸음 물러서고

한 걸음 물러서면
한 걸음 다가선다.

꼭
너처럼.

나무를 이해해

나뭇잎이 붉어지는 것은
당신 때문이에요.

나뭇잎이 흔들리는 것도
당신 때문이고요.

나뭇잎이 떨어지는 것은
나 때문일걸요.

가벼워지고 싶어 하는 당신을
이해한다는 몸짓이니까.

어쩔 수 없는 일

당신은
가끔 생각하고
가끔 연락하고
아주 가끔
나를 기다리지요.

그걸 알면서도
나는 매일 기다려요.

약이 올라도
그건 정말
어쩔 수 없는 일이지요.

차가움에 데어 본 사람은 안다

차가움에
데어 본 사람은 안다.

뜨거운 사랑이
얼마나 차가워질 수 있는지.

그래서
두 번째거나 세 번째
두근거림을 알아채고
얼마나 두려워하고 있는지.

너처럼
하나만 아는 사람은
모른다, 절대 모른다.

그래서 우린 멈추지 못한다

개울은
개울대로 얼고
계곡은
계곡대로 얼었다.

각자 흐르던 대로
그 모양 그대로.

그래서 우린
멈추지 못하는 거다
한 번도 얼거나
숨어버리지 못하는 거다.

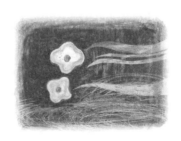

기다림의 무게

돌아가는 길은
무거운 짐을 들고 있어도
가볍다.

기다리는 사람이 있다는 것은
나를 강하게 당기는 힘.

조금만 더 기다려요, 그대.

안개

난
네가 보여주는 것만 볼 거야.

네가 하는 말만 듣고
나를 알기 전에 했던 말.

나를 지나가면서 감춘 말.

모른다, 다 몰라
기다리다 얼었다는 말.

다른 사람이 눈에 들었다는 말도.

지워지는 네 생각

저 꽃은
청소하는 중일 게다.

어두웠던 지난 시간.

거두어 내느라
지워지는 네 생각
꺼내놓느라

바쁘게
피고 또 진다.

꽃그늘

목련 꽃은
후덕후덕 떨어졌고

벚꽃은
훌훌 날아갔고

쌓이기만 하는 꽃그늘 속
한 사람이
오래 머물다 가는 저녁

그대
안녕하신가요?

꽃이 지나간다

봄을
앓는다.

온통 꽃뿐이라서
달뜬 봄을 앓는다.

꽃이
지나간다.

너를 앓는 동안
그러니까
이제부터 기다릴 거다.

네가 돌아올 때까지

봄은 꽃 말고 무엇을 남겼나

누군가
머릿속을 걸어 다닌다.

누군가
생각 속에서 말을 건다.

자꾸
가슴을 두드리는 소리.

봄이 지나간다.

꽃잎을 읽다

이만큼이면 되겠니?
아니, 좀 더

이만큼이면 되겠지?
아니아니

꽃을 따라나선 빗방울
꽃잎을 읽고 또 읽는다.

꽃은 이별을 안다 1

꽃은
이별을 아는 몸짓을 한다.

그러니까
저렇게 여릿한 모습일 게다.

꽃은 그래서 잊히지 않는 거다.

돌아서도
향기는 지워지지 않는다.

꽃은 이별을 안다 2

꽃은
이별을 안다.

그러니까 저렇게
여릿한 것이다.

슬픈 향기로 위로하는 중일 게다.

잊지 않겠다고
자기를 다독이는 중일 게다.

그래서 지켜보는 사람은
안타까운 마음일 게다
너처럼
나처럼.

그리운 것은 그리운 대로

라일락 나무 아래
벤치 위에
불어오는 바람.

떨어지는 꽃잎.

사랑은 사랑대로
그리움은 그리운 대로.

꽃이 피었다 지며

장엄한 표정으로
꽃이 피었다.

연약한 모습으로
꽃이 떨어졌다.

색을 나눠주고
향기를 안겨주고

쉽게 하지 못할
또 하나의 말이 생겼다.

너 그리고
꽃.

꽃잎 날려도 아쉬워하지 말고

서로
등 내어주고 살자.

서로
손 잡아 주고 살자.

바람 불고
꽃잎 떨어지고

이 봄엔 정말
순한 사람이 되어야겠다.

제2부

조용히
나를 지키는 사람

위로가 필요한 날엔 하늘을 봐 1

바닷가에서
파랑새를 보았다.

제가
파랑새인 줄 모르는 새는
바다만 바라보고 있었다.

파도가 튀어도 움직이지 않는다.

그리움에 물든 줄 모르고
그리워하는 나처럼.

위로가 필요한 날엔 하늘을 봐 2

글썽이는 눈에는
흐린 하늘만 보이고
흐려진 두 눈을
구름이 닦네.

자, 고개를 들어봐
하늘에 희망이 번지는 것이 보이니?

내가 써 놓은 사랑한다는 말도?

기다림

네가
나무라고 말하면
난 나무가 될게.

네가
꽃이라고 말하면
난 꽃이 되고

아무 말도 없는 것보다
아무 마음도 없는 것보다

네 앞에서 난
나무 그리고 꽃.

봄, 꽃나무 통신

목련이 피었다.

개나리가 피었다.

벚꽃이 떨어진다.

오늘 라일락 향기는
예쁜 병에 담고 싶어.

대답 없어도 쌓이는
네 문자 메시지.

4월이 가기 전에

봄이라고
말 걸어도 되나?

꽃이 피었다고
보고 있느냐고 물어도 되나?

잘 있느냐고
내 생각도 가끔 하느냐고
물어도 되나? 정말?

벚꽃이 떨어질 때

사랑이
날아다녀요.

너무 아는 척해도 안 되고
모르는 척할 수도 없고

사랑은 사랑이라서
삐치기도 잘하고
얼굴도 잘 붉히고

사랑을 말할 때마다
왜 이렇게 사랑은 멀어지나요.

꽃그늘 안에서는 다 괜찮아

꽃이 피었다.

바쁜 척
지나다닌다.

나를 모른 척하는 너도
이럴까?

봄의 무게

꽃이
떨어진다.

아쉬울 것 없다는 듯이.

뚜벅뚜벅
멀어진다.

자기를
다 내어 주고
아무것도
아깝지 않다는 듯이.

다 이루었다는 듯이.

아직은 봄

꽃이 피었습니다.

그러려고 그랬는지
어젯밤 달은 여위어 있었지요.

비어 있던 나무가
환해졌습니다.

하늘에서 비워 낸 것이
땅에서 환하게 빛을 냅니다.

꽃을 담는 사람들
가슴마다 꽃바람이 붑니다.

나의 바람이 너의 등 뒤에

당신과 나는
너무 오래 만났어요.

내가 불이었을 때
물이었던 당신

내가 나무였을 때
바람이었던 당신

순간에 멈춘 우리랑 달리
꽃은 피고
나무는 허공으로 가지를 뻗었지요.

너무 오래
생각만으로 집을 지었어요.

어디에도 멈추지 못하는 나그네처럼
꽃의 안쪽이거나
낙엽의 바스락거리는 소리 뒤에
그것만으로도 다행이지요.

이번 생에도
언젠가 한 번은 스칠 테니까

매화꽃을 보면서

열매는 알고 있을까?

자기가
빨간 꽃이었는지
하얀 꽃이었는지

하긴
나도 모르겠다.

도대체 그리움이란
꽃을 피우기나 하는 건지

비 오는 날 매화를 보다

비가 와도
꽃은 핀다.

사람들이 북적여도
꽃은 핀다.

누가 뭐래도
올 것은
꼭
온다.

너도 그랬으면 좋겠다

꽃 속의 봄

봄에는
무언가 숨어 있어
달달한 그 뭔가가

그러니까 꽃이
뭉텅뭉텅 피어나고
그 속에서 우린 달콤해지고

어차피 널 생각하면
항상 가슴에서
일어나는 일이지만 말이야

꽃이 비추고 있는 것

꽃이 피면
세상이 공평해집니다.

안 보였던 풍경이 나타나고
보였던 풍경이 숨어듭니다.

꽃그늘을 따라가며
생각합니다.

당신도 어디선가
서성이고 있을 거라고
지금 내가 그러는 것처럼

봄의 무게

꽃이 피었습니다.

바람도 온순해졌습니다.

잡는 것보다
놓는 것을 연습하는 오늘
아직 봄이랍니다, 봄

목련이 뚝뚝 떨어집니다.

꽃이 피었다, 봄

꽃이 피었다.

아무 걱정 말라고
꽃이 피었다.

다른 생각 말라고
꽃이 피었다.

말 안 해도
다 아는 네 생각이
온 세상을 덮는다.

한결같은 것은 아무것도 없는 달

조용히
지나가는 사람이 되고 싶습니다.

길가의 풀 한 포기도
나뭇가지 꽃 한 송이도 건드리지 않고

향기와 싱그러움
보이지 않는 것만
안고 갑니다.

혼자 가만히 좋아하는 사람으로
진화하는 중입니다.

봄이 멈추는 곳

한 사람 생각으로
봄이 오고
한 사람 생각으로
꽃이 핀다.

걸음을 멈추고
꽃과 눈 맞추는 사람

어쩔 수 없이 끌리는 것도 있더라.

꽃 마중

멀리서 생각할 때는
좋은 줄만 알았지.

멀리서 바라볼 때는
따뜻한 줄 알았지.

이렇게 볼이 붉어지는데
이렇게 손끝이 시린데.

그래도 참 좋다.

To. 사랑

사랑을 배웁니다.

꽃나무 아래
의자를 놓아두는 일이나
어둑해지면
불 밝히는 가로등처럼

어떤 일이 사랑인지 모르던 나는
사랑을 배우고 있습니다.

사랑을 지나치는 일이나
사랑을 못 알아보는 일이 없게
다시는
당신을 통과하는 일이 없게.

봄은 신화적 계절

봄의 여신은
초록의 머리칼을 흩날리지

연두에 가까운 그녀의 입김은
잠든 뿌리를 흔들고

하지만 봄의 여신을 찾는 것은
쉬운 일은 아니지

꽃이 내뱉는 숨처럼
곱고 연약하고 가늘어서

그래서 겨울이 물러서는 거지
싸우지 못하는 계절이지.

노루귀가 피는 곳

이상하게
들에 피어 있는 모든 것은
깨끗하게 보인다.

먹을 수 있는 것입니까?
아뇨, 먹으면 안 됩니다.

그럼 가져가도 되는 것입니까?
글쎄요, 얼마나 간직할 수 있습니까?

붉어진 얼굴로 돌아서는 한 사람.

봄비는 투명한 손가락을 가지고

꽃이 피었다고
쓴다.

아니다
바람이 따뜻하다고
쓴다.

아니다.
네가 올 거라고
네가 꼭 올 거라고
다 지우고
다시 쓴다.

봄

혼자여도
좋다고 한다.

둘이어도
심심하다고 한다.

꽃이 피었다.

이젠 마주 보고
웃자, 좀

꽃나무 아래서, 쾅당

꽃이 피었으니까.

길이 얼었으니까.

목소리가 흐려지니까.

다른 곳을 바라보니까.

멀어서 위안이 되니까.

혼자가 좋다고 떠벌리니까.

자꾸 어떤 얼굴이
꽃 속에 비치니까.

마음을 움직이게 하는 달

아직은
희망을 얘기하기에
늦지 않았다.

겨우 3월인데, 뭘

봄이
어깨를 두드린다.

봄이라고요, 봄

마음을 닫으니
발이 굳어지데요.

눈을 감으니
입술도 지워지고.

한번 담긴 그리움은
그대로 얼어붙고.

그래도
꽃은 피데요.

오늘처럼 쌀쌀한 날에도.

꽃나무 아래 서면

쓰담
쓰담
쓰담
올봄 꽃은
그렇게 피었다.

다 안다는 듯이
다 괜찮다는 듯이
네 생각이 손을 내민다.

그리움의 온도

추울 때마다 네 생각나는 건
네가
따뜻하기 때문일까?

내가
차갑기 때문일까?

봄눈

난
보고 싶은데.

넌
연락이 없네.

살짝
꿈꾸듯이
나를
지나가는 눈.

골목길

좁은 골목을 지나가려면
누가 맞은편에서 올까 무섭고
누가 말 걸까 무섭고
혼자 길 잃을까 무섭고
길어진 하루의 무심함이 무섭다.

네 가슴 속
좁은 골목을 지나가려면.

서리꽃 1

천천히 보란다.

아스라이 보란다.

무너지기 전에
녹아내리기 전에
눈 속에 담으란다.

가슴에 심으란다.

겨울이 번지면
얼마나 연약해지는지.

목련

봄을 기다리는 데는
목련만 한 게 없지.

눈을 안고
찬바람을 견디고
목련만 아는 거지.

겨울의 투명한 품을
안고 안기다 보면
지나가게 된다는 것.

견딘다는 말로는 모자라
못 본 체 지나치게 된다는
겨울의 말간 얼굴.

그것을 안다는 거지, 목련은

눈사람 생각하면 나도 눈사람

설렘으로
한 계절 살았으면 됐지.

행복으로
한 계절 뺨 붉혔으면 됐지.

봄을 기다리는
눈사람.

알겠지만 봄이란 게 그래

처음 본 것처럼 봄
처음 만난 것처럼 봄

두근거리는 가슴으로
떨리는 목소리로
손을 내밀며

어제보다 포근한 오늘
행복할 거라고 봄

너는 꼭
행복해질 거라고 봄

차갑고도 따뜻한 아침

겨울을 지우느라
숲이 헐겁다.

헐거운 나무와 나무
사이를 채우는 봄.

겨울이 흔들린다.

차갑고도 따뜻한 아침
네 생각에 흔들리는
나처럼

눈사람의 다정함을 생각하는 아침

너를 생각할 때마다
가슴속에는 눈이 내린다.

차가운 눈이 아닌
따뜻한 눈으로
조용히 나를 지키는 사람

따뜻한 눈이
차가운 눈을 녹인다.

언제나
사랑할 거다 말해 준다.

눈사람과 한 계절 1

모르게 지나가려면
발자국은 남기지 말았어야지.

발자국 무성한
아침이 오지 말았어야지.

발자국마다
네 이름 들썩이지 않게 했어야지.

아침마다
네 발자국 모아
눈사람 세우게는 말았어야지.

좋다고
팔 벌리지 말았어야지.

눈사람과 한 계절 2

눈 내리는 창가에 앉아
눈과 마주하네.

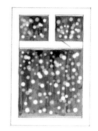

넌
변덕스러워
사랑에서 미움.
지우고
다시 사랑한다 말하네.

떠난 애인은
언제나 마지막 애인.

폭설을 뚫고 눈사람이 지나간다.

눈사람과 한 계절 3

내가 하는 말이
당신에게 닿을 리가 있나.

입술이 바람에 날아갑니다.

눈은
길을 삼키고
사람들은 가슴으로
말하기 시작합니다.

따뜻한 발자국으로
그립다 그립다
쓰고 또 쓰며
지나갑니다.

제3부

너 아니면
다 싫다

커피

당신은
나를 기다리고 있군요.

같이 하는 시간이 길어질수록
다른 곳을 바라보는군요.

무얼 겁내고 있나요.

내 속을 휘젓는 당신.

그리고
나를 감싸는 당신.

기억 속의 눈사람

네가
아프다고 하는 것보다
괜찮다고 하는 것이
난 아프다

네가
괜찮다고 하는 것보다
익숙해진 침묵이
난 더 아프다

담담한 눈인사로
서로를 지나칠 때
나머지 아픔을 빌려
나무는 그늘을 세웠다.

그늘 속에서
누가 웃는다.

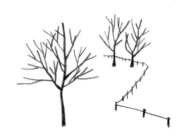

좋은 소식 있었으면

겨울의 끝에서는
눈보다 꽃을 기다리고

꽃을 보면서는
열매를 궁금해 한다.

궁금해 하고
또 궁금해 하고

제발 돌아와
지금은
너한테만 그런다.

눈이 오는 날엔 수평적인 상상을 해

눈만 있고
지붕이 없다.

지붕이 없어도
벽은 존재하고
벽을 잡고
조심조심 걷는 발자국.

지붕이 없어지는 날엔
날아가는 지붕을 바라보거나
흐려지는 사랑에 대해서도 속삭일 것
돌아올 희망에 대해
더 큰 소리로 말할 것.

꼭 있어야 하는 것

눈이 없다면
겨울은 얼마나 심심했을까.

노래가 없다면
허공은 얼마나 딱딱했을까.

네가 없다면
네 생각이 없다면
이 겨울
난 또 얼마나 외로워했을까.

일몰은 지나간 것들을 떠올리게 해

당신의 바다는
황금색이라 했지요.

허리 숙이고 갯벌을 뒤지는
어머니의 그늘이라고 했고
바다를 오르내리는
해녀의 숨에서 뿜어 나오는
투명이라고도 했지요.

우린 절대로
약속에 갇히지 말자고 했어요.

당신은
수평선 너머로 가고
돌아오겠다는 약속이 발을 적셔요.

두물머리에서 1

여전히 이곳은
안개가 짙고
새가 날고
낮은 물소리가 들린다.

네가 지치도록 바라보았다는 말.

강을 따라 걸으며
듣고 또 듣고
내 그리움은
얼지도 못한다.

두물머리에서 2

함께라는 말이
저렇게 떨어져 있어도 되나.

함께라는 말에
저렇게 가시 돋아도 되나.

강은 함께 흘러가는 것인데
어디라도 함께
휘돌아 보자는 것인데
함께라는 말에
이렇게 굳어져도 되나.

함께라는 말 밖에서
이렇게 두리번거려도 되나.

추운 날에는 작은 덜컹거림에도 놀라

아무리 닦아도
지워지지가 않아

눈이 멈추고
햇볕이 눈을 지우고
눈의 시린 말들이
유리창에 얼룩을 만든다.

더 깊이
눈을 감고
덜컹거리는 네 생각.

하얀 밤

눈이 오면
모든 방향으로
더듬거리는 말들.

나는
같은 말만 되새기고 있는데
너의 말은
목소리를 지우고
휘어지는 나무 사이
잠들지 못하는 그림자.

소리도 없이
썼다 지웠다
나를 깨운다.

눈사람과 함께 1

눈이 온다는 것은
그리움 속의
그리움에 이르는 일.

그리움이 나를 깨워
나는 작고
흩어지고
흩어진 나를 모아
다시 너로 세우는 일.

누군가의 웃는 얼굴을 기다리는 일

눈사람과 함께 2

난
내가 좋을 대로
생각할 거다.

생각 끝에 서 있는 너를
그대로 사랑할 거다.

멀리 있어서
위험해 보여도
네가 나를 지워도.

눈의 감정

궁금한 것은
못 참는 성격이군요.

유리창에 살짝 앉아
안을 들여다보는 눈송이.

머물다 보면
글썽이는군요.

매달리는 것이
쉬운 일은 아니지요.

글썽이다 보면
숨어들기도 하는 군요.

어느새
가슴을 녹이는
하얀 눈의 감정

아침에 커피 한 잔

속이
훤하게 보인다는 것은
시원한 일이다.

나뭇가지에 잘린 하늘이나
바람이 쓸고 간 아침
서로를 마주한다는 것은
이상한 힘이 생기는 일이다.

무슨 일이 있어도
행복해지는 일이다.

장미꽃은 병 속에서 빛나네

그대는
남쪽으로 간대요.

따뜻한 섬으로 가서
예쁜 사람으로 살겠대요.

잘 가요 그대
파도 속에서
휘파람이 들린다는 그곳으로.

내 어깨는
차갑게 흔들리고
오늘은 빈 병에
꽃이라도 꽂아야 할까요.

그대 생각 담고
환해지고 싶으니까.

삼나무에 꽃바람 부는 달

설렘이
지나간 자리
차가운 바람이 분다.

쨍하게 추운 날
겨울이 깨지는 소리

조금만 더 기다려라, 봄.

입춘

봄이라는데
춥다.

겨울이 반갑다고
꼬옥
안고 있나?

네가 안고 있는
내 생각처럼.

춥다

이번 추위는
뒤끝이 길다.

싸늘한 너 때문이니
못 본 척하는
나 때문이니.

촛불 앞에서

불을 담기에
적당한 날이지.

여러 겹의 자신이 버거울 때
무릎이라도 꿇고 싶을 때
길을 잃고 싶을 때

비라도 지나갔으면 하는
눈동자가 기웃거릴 때

엇갈리기에 알맞은 골목을 사랑했을 때

촛불을 켜지
나를 날리지
마음이 떠나가지.

이렇게 흐린 날엔

보고 싶어 하고
보고 싶어 하고
또
보고 싶어 하고
그랬으면 좋겠다.

이렇게 흐린 날엔
내가 매일 그러는 것처럼.

그믐

다리 위에
얇은 달이 올라가고
기차는 밝은 창을 달고
흔들리며 지나가네.

모두 꿈꾸는 시간
잠 못 이루는 것들은
하나씩 다리 위로 올라갔다 멀어지고
강물은 잠들지도 못하겠네.

그대로 반짝이며
밤을 지키네.

저녁의 표정

저기
날아가는 새들을
비눗방울이라 부르면 안 되나.

새들이 내려앉는
앙상한 가지를
품이라 부르면 안 되나.

그걸
사랑이라 부르면 안 되나.

정말 안 되나.

너 아니면 다 싫다

조금만 참으면
지나갈 거야.

잠깐만 눈감으면
잊힐 거야.

창문을 두드리며
마음 좀 열라고
졸라대는 바람.

치!
너 아니면
다 싫다.

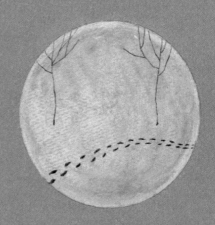

눈사람의 심장은 따뜻할 거야 1

눈이 내린다.

쌓이지도 못하는 눈이
길을 적신다.

젖은 길 위에 남겨진 발자국
두리번거린다.

다시
사랑하라고
오래
사랑하라고.

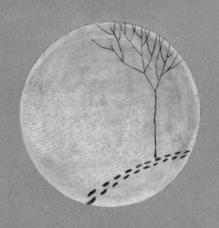

눈사람의 심장은 따뜻할 거야 2

눈은
어제의 기억이 사라져도
모퉁이를 지키고,

눈사람은
어제의 손을 잃고도
발자국 세고 있네요.

간절한 마음 하나
모퉁이를 녹이고 있습니다.

눈처럼

아무 소식 없을 때는
눈이라도 푹푹 내려라.

지붕이 길처럼
길이 산처럼
산이 하늘처럼
하늘이 내 마음처럼

모두 하얀 얼굴로
네 생각만 할 수 있게.

당신 눈에 가득한 나

좋아하는데
크고 작은 것이
무슨 소용 있나요.

당신 눈에 가득한 나
그것만 있으면 되는데.

내가 보기엔 말이야

넌
슬픔이 싫어서
기쁜 척하는 거야.

기쁜 척해야
기뻐진다고 하면서 말이야.

사랑이 그 반쪽뿐이라면
넌 언제나
반쪽에 갇힌 기쁨일 테지.

흔들림으로
그 나머지 반을 채우면서 말이야.

나만 아는 겨울

추운 날
놀이터가 비었다.

바람 혼자 놀다 가고
벤치에는 눈사람 얼룩.

겨울은 혼자서도
잘 견디는 성격이다.

너처럼

서리꽃 2

아름다움에는
가시가 있구나.

가시가 있어도
꽃잎은 여리구나.

여린 마음 내보이며
하얗게 웃고 있는 꽃.

널 닮은 걸까?
날 닮은 걸까?

잠시, 눈

당신은
지나가면서 안부를 묻네요.

대답하기도 전에
지나가는 당신.

가슴 속에 당신 모습을 담고
흥건한 당신 생각에
코끝이 시린데

잘 있나요, 당신.
잘 가세요, 당신.

서쪽 창가에 서면

당신은
눈두덩을 비비고
붉은 눈을 가집니다.

내가 궁금합니까?
아니면 서서히 지워지는 중입니까?

또 하나의 저녁에 잠기는 시간
당신의 오늘이
아름다웠으면 좋겠습니다.

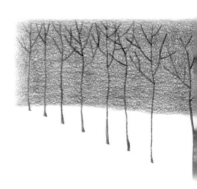

어떤 날은

어떤 날은
그립게만 하고

어떤 날은
외롭게도 하고

그대는
날 위한 선물인가요.
그리움을 위한 선물인가요.

눈은 오지 않지만

함께 걷던 길을
혼자 걸었어.

네 생각에 미끄러져
멈추기도 하고
누가 날 부르는 것 같아서
자꾸 두리번거리고

아무것도 부럽지 않은 시간은
언제나 짧지만 그대로
오늘 참 포근하다.

눈처럼 바람처럼

온다고 했으니
올 겁니다.

한 번 한 약속은 그대로
우리 사이에 있으니

아무리 춥고
눈이 내린다 해도
만나기로 했으니

꼭 만납시다, 우리.

어제 오늘 그리고 내일

어제는 눈이 왔고
오늘은 바람이 붑니다.

좋았던 일이
없었던 일이 될 수 없듯
오늘의 불편이
어제의 포근함을
지우지 못합니다.

새롭다는 말에
길이 반짝입니다.

아직도

좋은 풍경 앞에 서면
내가 생각나고

향기로운 커피를 마시면
내가 그립고

내가 아직도 그런 것처럼
너도 그러니?
아직?

동백꽃을 마주하는 아침

내가 없었던 방에서
온기가 느껴진다.

내가 비웠던 시간이
붉게 속삭인다.

오래 기다렸다고
나도
그랬다.

네 생각만 하면

바람 불면
꽃처럼 두근거리는 것이 있을까.

꽃이 피면
나비만큼 설레는 것이 또 있을까.

네 생각만 하면
모두 꽃처럼
모두 나비처럼

가을

가을인가 봐
느린 노래가 좋아지고
노랫말 속에서
나무는 붉어지지.

높이 올라선 하늘과
종아리를 감싸는
풀벌레 소리.

나를 향한 네 마음은
가을이 없어야 하는데.

제4부

그리운 꿈을
꾼 날이면

비는 투명한 손가락을 가졌지

놓았다는 열매보다
놓쳤다는 꽃이 아쉽고

비워진 가지보다
비어있는 울림이 더 크다.

허공에 이름을 쓰며
건디는 가을.

투명한 그리움이
별이 된다.

그대가 부를 때면

두리번거리면서 가요.
어리둥절하면서 가요.
허겁지겁 가요.

그대 기다리다 지쳐버릴까 봐
기분 좋은 설렘 속에
나를 담고 가요.

빗방울

빗방울은
사랑이다.

매달려 있는 곳마다
너를 확대해 놓고
날 기다리게 만드는.

멀러 있어야 보이는 풍경

산은 가끔
구름을 밟고 올라선다.

보고픔이
내 눈에
구름 되는 날.

만날 수 없다는 말은 하지 마

내가 갈 수 없으면
네가 오면 되고

네가 올 수 없으면
내가 가면 되잖아.

여름 뒤에 가을
가을 뒤에 겨울
서로 채워주는 계절처럼.

계절이 바뀌어도 이름은 변하지 않아

산 뒤에
바다가 있고

바다 위에
구름이 있고

구름 속에
네가 있고

그러다
그러다
꽃이 피었다.

나에게는
네가 계절이다.

라일락의 침묵

혼자 견딘 흔적을 바라보는 것은
미안한 일이다.

마당 구석
혼자 피고
혼자 져버린
한 뼘 키의 라일락.

검게 변한 꽃대를
오래된 탑처럼 간직하고
어떤 감정으로 너는 꽃을 피웠니?

관심은 자주 눈높이에만 머물고
무릎 꿇지 못하는 다리로 서성이는 오후.

밤새 뜯어 먹힌 수백 개의 꽃이
코끝에서 피었다 진다.
마당이 기운다.

어젯밤부터 비가 내린다

나는
처음이라 우기고
너는
마지막이라 잘라 말한다.

여름과 가을의 경계에서
너와 나의 그리움 안에서

우포 일출

참 붉네요.
붉어서 좋네요.
좋아서 따뜻하네요.
누구 닮았네요.

못 들은 척
내 얼굴 붉게 만들었던

상사화 1

아무리 떨어져 있어도
우리 시간은
멈추지 않아.

두 눈에 담긴 꽃들
가슴 열고 들어와
네 이름만 부른다.

상사화 2

경고했었지?
아무 소식 없으면
보고 싶지 않은 거라고.

아무리 기다려도 만날 수 없으면
그냥 잊어버릴 거라고.

잊지 않고 찾아온
날 닮은 꽃.

그림자

내 사랑이
걸어 다닌다.

네 사랑이
걸어 다닌다.

같은 얼굴을 하고
같은 표정을 짓고

하나의 이름으로 행복한
저 그림자들.

사과나무의 기억

꽃이 진 자리에
하늘이 담기고
바람이 담기고

그리움 하나
비집고 들어가
자리 잡는다.

아! 그리움이 익어간다

배롱나무 그늘

당신은 좋겠어요.

먼저 핀 꽃이
그대 얼굴 만져주고 있으니.

나도 그래요.

그렇게 웃는 그대 얼굴에
꽃물 들이고 싶었거든요.

꿈

새벽.

물안개 피는 강가를 걸으면
누가 함께 걷는다는 생각.

지금 내 곁에
느낌으로 걷는 사람이
너였으면 좋을
꿈보다 더 꿈같은 꿈.

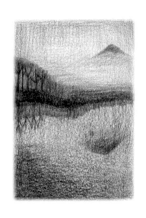

더 좋은 다행

기차를 탔어.

예쁜 풍경에 카메라를 꺼냈어.

그 사이
그 풍경은 지나가고
다행히
네 모습이 남았어.

다행
더 좋은 다행.

매혹

어제는 비가 왔고
오늘은 바람이 붑니다.

한 계절 속에서도
변화는 있기 나름이지요.

나무가 흔들립니다.
꽃이 떨어집니다.

그래도 당신은
늘 꽃밭입니다.

비는 소리 없는 것부터 입을 열게 해

점점
너를 모르겠다는 건

점점
네가 멀어진다는 뜻.

멀어지는 너를
잡을 수 없다는 뜻.

점점
내 가슴에 발자국으로 찍힌다는 뜻.

장미는 혼자만의 시간에 머물고

꽃은 피지 않고
책상 위에 놓였고

꽃은 피지 않고
화병 속에 머물고

눈을 맞춰야 피겠다며
고집부리는 얼굴.

누구 닮았다.

폭포 앞에 서면

시원하다
보기 좋다.

큰 소리로 묻고
더 큰 소리로 대답한다.

꼭 대답 없는
내 그리움처럼.

잠깐만 혼자 있을게

잠시
울지 마라, 전화야.

바람이
창문을 흔들 동안은

그대 생각이
나를 안고 있을 동안은.

모르는 척

해 뜨는 광경에
가슴이 벅차올랐지.

산이 솟아오르는 광경을 보고
말을 잊었지.

눈앞에 꽃을 두고
꽃 속에 너를 두고.

거짓말

바쁘다고 했다.

그럴 수 있겠지.

너무 멀리 있다고 했다.

그럴 수도 있지.

힘들면 잊자고 한다.
그래!

내 꺼

너는 내 꺼.

빗금 가득한 세상
꽃일 수도 있고
시간일 수도 있고

가끔은
그림자가 될 수도 있을 너.

오늘만은
내 꺼.

아! 카푸치노

어젯밤 꿈에서는
참 다정했지요.

그리운 꿈을 꾼 날이면
아침부터
네 미소 닮은
카푸치노 한 잔.

다시 그리움

좋다고 하는데
방법이 있나.

어디에 있든지
틈만 나면 달려와 바라보는데,
안기는데,
웃어주는데,
좋다고 하는데,
방법이 있나.

나는 더 많이
좋아할밖에.

half flower

그대 가슴에 꽃.

내 가슴에 꽃.

꽃을 따서 마주 붙인다.

하나가 되자는
약속.

꼭 지킬 약속.

기차를 타고

기차가 기운다.

오른쪽으로 흔들리면
왼쪽으로 기울고

왼쪽으로 흔들리면
오른쪽으로 기울고

길은 우리를 흔들지만
내 안의 너는
기울지 않는다.

내가 그러니까
너도 그렇다.

기다림은 지치지도 않아

넌
바위 속에서
얼굴을 찾고

바람에게
귀를 내밀었다고 했지.

네 손짓 하나에 웃고
네 전화 한 번에 또 웃는 나.

나도 바위고
나도 바람인데.

꽃이 피었을 때는 꽃처럼

보리밭 너머
연꽃이 피었다.

앉아서 보면
보리 속에 피어 있는 꽃.

서서 보면
연꽃을 담고 있는 녹색 연못.

때로는 앉아서 보고
때로는 서서 보고
우리 그렇게 살자.

치자꽃 향기로의 초대

여기는 어떤 날개에 대한 상상이리라.
아니, 상상 속으로의 어떤 알록달록한 낢.

먼 곳을 바라보며
깃털 사이에 허공을 불러 넣고
위아래로 움직였던 치밀함도 가져와
보이지 않는 것들에 대하여
어지럼증도 느껴야 할 것이다.

잠시 그 날개 속에서 길을 잃어도 괜찮을
사연 꺼내어 들려주기도 해야 하리라.

이는 누구에겐 프로메테우스의 선물
또 누구에겐
한순간의 크레바스를 경험하게 하는 일.

눈 감고 잠시 두리번거려보는
앞날의 무늬에 대한 탐색
탐색 이후, 어떤 소박한 밥상에 대한 그리움
울타리 가에서 띄우는 소로우의 꿈이리라.

용서

너는
바다가 싫다고 했다.

산도 싫다고 했다.

나 말고
다 싫다고 했다.

그래도
용서된다.

꽃처럼 나비처럼

좋아하는 것은
서로 닮고 싶어진다는 말.

꽃을 닮은 나비처럼
나비를 닮은
너처럼.

요즘 날씨

가방에
선글라스를 넣고
우산을 넣고
맑았다 흐렸다
소나기로 지나간다.

웃었다 화내다
꼭 네 앞에 있던 날 닮았다.

오랫동안

사람이
꽃을 따라간다.

꽃은
사랑을 따라가고
나는
너를 따라간다.

먼발치에서
생각으로 따라간다.

웃는 꽃

꽃은
바위 뒤에서
살짝 웃는다.

까치발을 하고 웃는다.

나도 네 앞에서
그렇다.

넝쿨장미

이젠
안 웃겠다고 했다.

이젠
울지도 않을 거라 했다.

그러면서
또
웃고
울고
꽃이 지나간다.

나무와 함께

새싹은 참 좋지요.

어려서 좋고
똑같아서 좋고
그래도 난
당신이 더 좋지요.

날 새싹으로 여겨주는
당신이 좋지요.

궁금

넝쿨이
나무를 타고 올라간다.

툭툭 건드리며
꽁꽁 감아보며
참 무뚝뚝하다.

당신처럼.

말 폭탄

좋아해요.

사랑해요.

고마워요.

좋은 말만 골라
너에게 안겨준다.

지금은 어리둥절하겠지만
조금 있으면
엄청 행복해질걸?

제5부

너에게 하는 말

아직은 사랑

꽃 속에서
벌 한 마리
그리움을 세고 있다.

하나, 둘, 셋…
세고 또 세고

이런
내 가슴에
열매가 맺혔다.

그리움

졸
졸
졸
따라오다 멈추고

졸
졸
졸
앞서가다 멈추고

저 그리움.
내 그리움.

초록의 노래

숲은
다시 숲으로 돌아가
널 찾는 노래를 부르겠지.

같이 머물자고
네 눈동자에 담기려 하겠지.

그러면 난
네 눈동자 속에서 길을 잃고
네 안을 떠돌고 있겠지
영원한 돌림노래처럼.

돌탑

당신은
소리 내지 않고
깨지는 법에 대해
이야기를 시작했습니다.

뒹구는 법이나
활짝 웃는 것보다
언제나 잘 참는 당신을
닮고 싶었답니다.

나도 얼마나
당신이 되고 싶었던지요.

로즈데이

사랑도
배워야 하는 거래.

부끄러워도
보여 주어야 하고

그래서 내가 지금
얼굴 붉히고 있거든.

오늘

내가 꽃이었으면
네 안에서
피고 지고 피고 지고.

내 향기에 미소 짓는
네 앞에서
다시 피고.

봄비 1

좋다는 말 들으려고
여기까지 왔니, 혹시?

혼자가 좋다는 말 하려고
이제까지 기다린 거니, 진짜?

그렇게 얘기하면
내가 모를 줄 알았니, 정말?

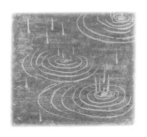

철쭉

오늘
꽃을 보여 주는
네가 참 좋더라.

뜰을 보여 주는
넌 참 예쁘더라.

번갈아 나를 건드리는 네가
좋아서 미칠 지경이더라.

엄마와 나

엄마는
달콤한 커피를 좋아한다.

나한테는
물어보지도 않고
커피를 내민다.

엄마와 난
다 같다.

달고
그립고
같이 마실 때
커피만 빼면.

봄 꿈

고맙다는 말에
꽃이 핀다.

보고 싶다는 말에
꽃이 핀다.

이제는
열매가 되고 싶은 나를
깨워주면 좋을 너.

홍매화

눈이
빨개질 때까지
눈싸움을 했다.

먼저 깜빡이는 쪽이
놓아주자고

다행히
네가 이겼다.

아직은 봄

벗꽃을 가리키는
손가락 끝에
봄이 왔다.

간다고 말했을 때
네 입술은 겨울이었는데
가만히 손을 잡는다.

너였으면 좋을
저 벗나무가

맞죠?

말이 없어도
알아들어야 하는 거, 맞죠?

미지근하게 느껴져도
뜨겁게 안아야 하는 거, 맞죠?

먼 곳에 있어도
같이 있는 것처럼
항상 웃어야 하는 거, 맞죠?

저 꽃처럼
저 산처럼.

진달래

해가 속삭이는 말.

바람이 속삭이는 말.

내가 속삭이는 말에
네 귓불이 더 붉어졌다.

괜찮아
너에게만 하는 말이니까...

모닝커피

꽃이 참 예쁘다.

커피 향이 참 좋다.

내가 좋아하는 너처럼
네가 좋아할 나처럼.

오늘도

좋다고 말하는데
방법이 있나.

더 좋다고 말해줄 때까지
너무 좋다고 말해줄 때까지
잘해 줄 수밖에.

날아다닌다

꽃은
날아다닌다.

가지 위에 앉았다가
내 가슴에 앉았다가

어디든
꽃은 제멋대로
날아다닌다.

꼭
너처럼.

봄비 2

목련 나무가
피곤해 보이는 날
너는 왔다가
말없이 돌아가더라.

더
해줄 것이 없다는 듯이
내 대답은 들을 생각도 않고.

사랑의 온도

너무 뜨거우면
차갑게 느껴진다고 했지요?

당신 안에서
내가
그런가 봅니다.

척

네가 싫다니까
그만둘게

싫어하는 척
관심 없는 척
너를 바라보지 않는 척

이제부터
연극이야!

나처럼, 봄

기다리라고 했으니까
기다릴게요.

눈 똑바로 뜨고
온다는 쪽만 바라볼게요.

기대가 부풀었으니
꽃으로 필 거죠?

엄살

꽃소식만 듣고도
좋아서 울렁울렁
꽃 멀미가 난다.

생각만으로도 두근두근
내 가슴에
그리움이 또
꽃을 피우려나 봐.

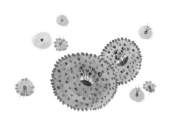

떨어져 있어도 좋다는 말

동쪽에 바다를 세우고
남쪽에 절벽을 만듭니다.

떨어져 있어도 좋다는 말.

당신을 말하는 것은
아니었나 봅니다.

뾰로통

아직
꽃이 피지 않았다.

봄도 오지 않았다.

네가 다가와
나를 달래주기 전에는.

응

꽃을 보고
열매를 탐내고

줄기를 보고
뿌리를 궁금해하고

혹시
내가 너한테
조급하게 그랬었니?

엄살

꽃소식만 듣고도
좋아서 울렁울렁
꽃 멀미가 난다.

생각만으로도 두근두근
내 가슴에
그리움이 또
꽃을 피우려나 봐.

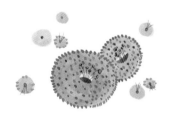

떨어져 있어도 좋다는 말

동쪽에 바다를 세우고
남쪽에 절벽을 만듭니다.

떨어져 있어도 좋다는 말.

당신을 말하는 것은
아니었나 봅니다.

안녕! 안녕?

꽃소식 들고 왔으면
들어와라, 얼른.

그리움이 놀라지 않게.

내 안에서
겨울이 웃으며 떠나가게.

웃음처럼, 봄

동백꽃을 주워들고
꽃을 내밀며 웃는 아이.

얼굴 가득 피어 있는 웃음으로
번지는 봄.

빨갛다.

네 웃음처럼.

달콤한 말

먼저 말하지 못하고
듣고만 싶었던 말.

용기를 내서
오늘은 내가 먼저 하고 싶은 말.

네 가슴에
나처럼
꽃이 피게 해 줄 말.

'보고 싶다'

와인과 나

한 번에 다가설 것

힘들게 말문을 열 것

길게 이야기를 나눌 것

동감이라며
같이 머리를 끄덕일 것

미소

비 올 때마다
흘러내리는 거 말고

눈 올 때마다
젖어드는 거 말고

꽃을 피우는 온기 같은 거
뭐가 있을까?

통!통!통!

넌 참고
난 참지 못했다.

계절이 바뀌었다.

난 참고
넌 참지 못했다
다시 만났다.

마주 보고 웃었다.

미운 정 고운 정이
징검다리를 놓고
웃음이 건너간다.

통통통!

바람의 노래

구름 위에
나무가 섰다.

나무 위에
산이 올라섰다.

산 위에
그리움 한 자락 올렸다.
너를 찾기 위해.

아메리카노 커피

커피는
온몸으로 얘기한다.

가끔은
입술 끝에 그림자를 남긴다.

네 생각할 때는
꽃이 피는 커피가.

선돌

돌이
서 있다.

꼿꼿하게
서 있다.

사람들이
서 있다.

시원한 풍경을 괴고
서 있다.

소원을 빌며
서 있다.

선돌 앞에
내가 서 있다.

겨울 모퉁이

너무 싱겁게 살았다.

왕창 쏟아부어도 모자를
뜨거운 사랑을 퍼부었는데

모퉁이 뒤에서
너 대신 달려드는 눈.

복수초

보고 또 보고
그래도 알 수 없다고 말하는 너.

주저앉은 나를
일으켜 세우는 힘.

흔들리며 걷기도 하겠지만
그 말에 의지해서
다시 서겠지.

다시 걷는 얼굴에
미소를 피우겠지.

미소 핀 자리마다
행복이 달리겠지.

좋은 아침!

네가 건네는 인사에
들판이 생긴다.

네가 건네는 눈빛에도
바다가 다가선다.

내가 네게 갈 수 있도록
내가 네게 말 걸 수 있도록.

습관처럼

다시 월요일입니다.

지난 월요일처럼
같은 자리에 앉아
같은 음악을 들으며
같은 커피를 마시고 있습니다.

항상 새것 같은 설렘
당신 때문이겠지요.

돌아오는 월요일도
오늘만 같았으면 좋겠습니다.

스치는 바람 소리였는지

누군가의 입속말이었는지 모르겠습니다.

아니면 언젠가 그대가 속삭였던 사랑이었을까요?

오늘을 사는 모두에게 하지 못했던 말을 대신 전합니다.

여러 겹의 시간이 지나갑니다.

최 인 숙